O UNIVERSO PERDIDO

O UNIVERSO PERDIDO

ALDIVAN TORRES

aldivan teixeira torres

CONTENTS

1 "O Universo Perdido"   1

CHAPTER 1

"O Universo Perdido"

Aldivan Torres
O Universo Perdido

Autor: Aldivan Torres
©2018-Aldivan Torres
Todos os direitos reservados

Este livro, incluindo todas as suas partes, é protegido por Direito de autor e não pode ser reproduzido sem a permissão do autor, revendido ou transferido.

Aldivan Torres é um escritor consolidado em vários gêneros. Até o momento tem títulos publicados em nove línguas. Desde cedo, sempre foi um amante da arte da escrita tendo consolidado uma carreira profissional a partir do segundo semestre de 2013. Espera com seus escritos contribuir para a cultura Pernambucana e brasileira, despertando o prazer de ler naqueles que ainda não tenham o hábito. Sua missão é conquistar o coração de cada um dos seus leitores. Além da literatura, seus gostos principais são a música, as viagens, os amigos, a família e o próprio prazer de viver. "Pela literatura, igualdade, fraternidade, justiça, dignidade e honra do ser humano sempre" é o seu lema.

Conteúdo do Livro
"O Universo Perdido"
Universo Perdido 1
Universoperdido2
Universo perdido 3
Universo Perdido 4
Universo perdido 5
Universo perdido 6
O Universo Perdido 7

Universo Perdido 1

Acampando na floresta
Cabine à noite
Divino

Estou muito feliz por estar com você novamente. Toda essa magia atmosfera da montanha me inspira um sonho com histórias misteriosas. Na minha mente, são histórias sem direção que eu preciso dirigir e você é parte dela.

Renato

É um grande prazer participar de tudo isso, meu amado vidente. Estávamos ansiosos porque a série precisa continuar. Tenho certeza que nossos seguidores estavam ansiosos por esta reunião.

Guardião

Você está certo. Chegou a hora do nosso desafio. Sinto-me excitante desafios na nossa frente. Precisamos agir urgentemente para salvar mundos e transformar vidas. Somos a equipe da saga mais importante do mundo. Precisamos assumir essa responsabilidade.

Divino

Eu sei disso, mestre. Foi isso que me guiou até aqui. Estou ciente de meus deveres juntos com nossos fãs. Não vou desapontá-los. Aqui começa uma nova história. O que você diz sobre isso, espírito da montanha?

Guardião

Há um mundo paralelo em destruição. Seres aterrorizantes invadiram este mundo e querem dominá-lo. Há um grito de misericórdia. Sinto que esta é a nossa chance de ajudar. Podemos neutralizar essas ameaças com nossa mente.
Divino
Interessante. Que perigo monstruoso! O universo e seus segredos. Apesar do conhecimento que tenho, isso me surpreende. E se falharmos? O que acontece conosco?
Guardião
Acreditaremos em nossa habilidade. "O Universo Perdido" é um mundo pacífico e necessidade de nossa ajuda. O que faria se seus amigos estivessem em perigo? Precisamos analisar o que é importante agora.
Divino
Você está certo. Eu salvaria meus amigos. Um verdadeiro amigo é um que dá a vida pela outra. Sou o fiel e lendário filho de David. Nada me assusta. Vamos enfrentar os perigos com força divina. Tenho certeza que Deus está do nosso lado.
Renato
Eu também tenho essa confiança. Vamos enfrentar o perigo juntos. Estamos prontos para qualquer coisa.
Guardião
Gostei da sua força de vontade. Agora, que tal um jantar? Vou preparar uma sopa maravilhosa para você.
Divino
Sou uma pessoa que segue uma dieta natural e práticas saudáveis. Eu vou amar a sopa. Adoro comida típica para o Nordeste.
Renato
Também gosto da comida natural. Na verdade, acho que gosto de comer tudo. Os pobres não têm escolha. Temos que comer o que está disponível.
Guardião
Muito bem, meus amores. Vamos para a cabana.
Cozinha
Depois do jantar

Divino
A sopa estava deliciosa. Obrigado pela recepção. Não sei como agradecer.
Guardião
Como passou esse tempo quando estávamos separados? Estou curioso.
Renato
Também estou muito curioso. Pode nos dizer, meu amigo?
Divino
Claro que sim. Eu passei muito bem. Eu continuo envolvido em meus projetos profissionais e artísticos. No campo da literatura, publicarei livros em Portugal, Brasil e Índia. No campo do cinema, já tenho oito filmes completos. No campo da música, estou sempre compondo músicas lindas. Nunca desistirei dos meus sonhos.
Guardião
Admiro sua disposição e estou ao seu lado. Sonhos foram feitos para serem realizados. No entanto, a maioria das pessoas desiste antes da primeira dificuldade. Este não é o seu caso. Você escalou a montanha, enfrentou desafios, entrou na caverna mais perigosa o mundo e ganhou. Estou orgulhoso de sua habilidade e de sua fé.
Divino
Obrigado. Sem a sua ajuda, eu não seria capaz de progredir tanto.
Renato
Estou feliz com seu reconhecimento. Juntos somos mais fortes.
Divino
Eu sei como ser grato. Desculpe, mas agora vou dormir. Boa noite a todos.
Renato
Durma em paz.
Guardião
Ótima noite.
Sala Divina
Angel
Não vá dormir ainda, Divine. Preciso falar com você.

Divino

Você pode falar, anjo.

Angel

Uma aventura está prestes a começar. Você vai conhecer "O Universo Perdido", um mundo totalmente desesperado diante do caos. Tem ideia do que isso significaria?

Divino

Estou ciente de que o perigo é muito grande. Sinto que há uma grande chance de falhar. Mas o que posso fazer? Eu amo os seres criados pelo meu pai. Não vou deixar nenhum deles.

Angel

Muito bom. Parabéns pela sua coragem. Estou com você. Vamos enfrentar este desafio juntos.

Divino

Você vai comigo?

Angel

Sempre estarei com você, mas invisível. Sou seu anjo, lembra?

Divino

Eu me lembro. Obrigado pelo apoio.

Angel

De nada! Sempre conte comigo. Boa noite.

Portal

guardião

Esta é a entrada para o Universo Perdido. O conselho que posso dar é cautela e paciência o tempo todo. Acreditaremos em proteção divina.

Renato

Estou com medo, mas é com isso que sempre sonhei. Vamos seguir em frente.

Divino

Não se preocupe com nada. Vamos enfrentar a situação e tentar salvar este mundo. É nossa obrigação. Estamos prontos!

Campo (Entre as árvores)

Divino

Meu Deus. Estamos andando há tanto tempo e nenhum sinal de civilização. Estamos perdidos?

Guardião

Meu querido, o universo perdido é um mundo gigantesco. O que está acontecendo é absolutamente normal.

Renato

Podemos parar um segundo? Estou cansado.

Guardião

Tudo bem. Desde que seja por pouco tempo.

Renato

Aproveite e nos ensine algo, filho de Deus.

Divino

Bem pensado, Renato. Estar aqui é uma grande oportunidade para contemplar a natureza. Precisamos nos conectar a esta força natural chamada "Mãe Terra". Isso nos traz vários benefícios.

Renato

Entendo seu ponto de vista. Atualmente, ser humano esqueceu suas origens e foca no materialismo. Perdemos uma parte boa e importante da nossa humanidade.

Guardião

Precisamos de uma análise de consciência global de conceitos éticos e valores. Precisamos reforçar a honestidade e a simplicidade. Só então podemos finalmente evoluir.

Divino

Eu enfatizo a caridade, a integridade e a honra. Mas somos livres. Vamos seguir em frente?

Guardião

Vamos! Penso nisso.

Outro campo

os ataques começaram

Divino

meu Deus!

Renato

meu Deus!

Guardião

Universoperdido2

Na aldeia indígena
Pajé
Bem-vindo forasteiros. Estávamos esperando vocês.
Guardiã
Muito obrigada. Eu sou o espírito da montanha, a guardiã dos segredos mais ocultos. Viemos para seu mundo pois sentimos um pedido de socorro. Apesar do perigo que corremos, viemos ajudar. Nós não desamparamos os necessitados. Quem é você?
Pajé
Eu sou o pajé da tribo do norte. Eu e meu povo estamos resistindo à invasão dos monstros. Graças a meus conhecimentos astrais, os espíritos bons nos protegem. Mas estamos sem saída pois não conseguimos expulsar os invasores. Por isso os chamei telepaticamente até aqui. Conheço a trajetória de vocês. Vocês são os aventureiros mais bem sucedidos do mundo.
Guardiã
Você tomou a decisão certa. É uma honra poder contribuir para a paz deste mundo. Nós somos engajados nas boas causas. Temos poder, talento e inteligência. É isso que define a nossa equipe.
Pajé
Muito bem. Apresentem-se rapazes. Podem ficar à vontade.
Divine
Meu nome é Divine. Mas podem me chamar de vidente ou filho de Deus. Eu sou o protagonista desta história. Eu sou muito grato por esta oportunidade. Pode contar comigo para o que precisar. Eu amo aventuras instigantes e desafiantes.
Pajé
Que bom, Divine. Sinta-se abraçado. Admiro jovens esforçados. Eu sempre sonhei com este dia. Conhecer o filho de Deus, um ser tão evoluído, me deixa muito feliz.

Divine

Eu também estou muito feliz com esse encontro.

Renato

Eu me chamo Renato. Eu sou o companheiro de aventuras do vidente. Viemos de muito longe para tentar libertar vocês. Nós somos especialistas em recuperar mundos destruídos. Nas aventuras de nossa saga, viajamos no tempo, controlamos "a noite mais escura de nossas almas", voltamos ao passado e descobrimos segredos, desvendamos "o Código de Deus", reafirmamos nossos valores e demos o grito de liberdade em "Eu sou", percorremos o espaço e enfrentamos demônios, descobrimos o conceito da feitiçaria Wicca e aprendemos a respeitar as religiões. Enfim, a lista é exaustiva. Estamos sempre na ativa transformando o mundo num lugar melhor.

Pajé

Que incrível! Não tenho dúvidas de que estou diante dos seres mais evoluídos do universo. Vocês são nossa esperança. Precisamos acreditar que sobreviveremos a essa praga. Queremos voltar a ter contato com a "Mãe terra" e cultivar nossa espiritualidade. Precisamos aproveitar a vida da forma que merecemos. Mas entrem. Precisamos conversar mais.

Renato

Obrigado pelo convite. Vamos, pessoal?

Divine

Claro. Será uma honra.

Guardiã

Estávamos esperando o convite.

Interior da taba- aldeia

Pajé

Divine, meu amigo, sua vida não têm sido fácil. Estou certo?

Divine

Verdade. Desde que nasci, eu enfrento grandes dificuldades. Minha vida tem sido uma grande batalha. Nasci no nordeste brasileiro, em meio a grandes desigualdades sociais. Enfrentei a miséria, a indiferença e a rejeição. Foram momentos conturbados e desafiadores. Ninguém nunca me incentivou nas minhas atividades. Eu precisei viver dia após dia conquistando pequenas coisas. Hoje sou compositor, escritor, cineasta e funcionário público. Ainda há longo caminho a percorrer, mas meus sonhos permanecem comigo. Eu almejo ganhar o Nobel de literatura e o Oscar. Sei que é uma tarefa difícil, mas não é impossível para Deus. É minha fé que me sustenta e que me conduz às realizações. Eu ainda acredito no meu sucesso embora ele possa demorar.

Pajé

É um lindo depoimento. Você tem o espírito do grande guerreiro. Eu também não tive vida fácil. Na minha infância, ninguém acreditava em mim pois eu pertencia a uma linhagem inferior. Tive que passar por inúmeras provas até me transformar no pajé da tribo. Sei como deve se sentir. É como se estivéssemos nadando contra uma forte correnteza no rio e não conseguíssemos avançar. A fé é a força que pode fazê-lo atravessar o rio. Acredite em seus sonhos, meu jovem.

Divine

Eu sempre vou acreditar. Enquanto o sucesso não chega, permaneço na batalha. Contar histórias é algo muito motivador para mim.

Pajé

Temos um belo grupo. Você está de parabéns, espírito da montanha. Seu treinamento surtiu efeito. Temos aqui dois jovens capazes de mudar o destino do mundo. Não só com ações, mas também como exemplo de vida. O que o mundo precisa atualmente? Eu mesmo respondo. Precisamos de guias espirituais. Alguém capaz de enfrentar os perigos sem titubear. Só assim o universo terá finalmente paz.

Guardiã

O mérito é todo deles. Eu fui apenas um instrumento do destino. Fico orgulhosa da evolução dos meus discípulos. Com certeza, já me ultrapassaram em sabedoria e poder. Mas continuamos juntos porque precisamos uns dos outros.

Renato

Verdade. Eu sempre vou precisar da senhora, minha mãe. Nunca vou esquecer a sua importância em minha vida. Vocês dois me completam. Antes de conhece-los, eu vivia uma vida miserável junto do meu pai.

A minha libertação me trouxe novas perspectivas de vida. Finalmente, posso ter esperanças de que vou ser feliz.

Guardiã chorando

Isso me emociona, filho. Saber que sou querida é muito importante para mim. Eu vou te apoiar sempre. Você merece o melhor da vida. Eu só fiz minha obrigação ao acolhê-lo. Tenho a responsabilidade de promover o bem no universo.

Divine

Também me emociono. Sei como sofreu, Renato. Ainda bem que isso só foi uma fase. Estamos juntos agora nesta nova aventura e é nisso que devemos nos concentrar. Prometemos agir para livrar seu povo, querido Pajé.

Pajé

Agradeço sua boa vontade. Eu fiz a escolha certa. Haverá muitos desafios a enfrentar, mas sede prudente e corajoso. Meu espírito estará com vocês.

Divine

Muito obrigado. Temos que ir embora. Um novo desafio se avizinha.

Pajé

Boa sorte a todos.

Universo perdido 3

No templo budista

Buda

Sejam bem-vindos, queridos forasteiros. O que os traz aqui?

Divine

Estamos numa longa jornada em busca da iluminação. Precisamos salvar seu universo da conspiração dos monstros. Já enfrentamos dois adversários e vencemos. Ninguém antes conseguiu esse feito. Nós somos os viajantes do espaço e do tempo, o grupo da série o vidente.

Buda

Magnífico. Podem me chamar de Buda. Eu sou o mestre em ciências espirituais. Ainda bem que vocês chegaram. Eu sinto-me honrado com sua visita, pois sei que estou diante da pessoa mais capacitada do mundo. Como vocês se chamam?

Divine

Pode me chamar de Divine. Mas também sou conhecido como vidente ou filho de Deus. Estes que me acompanham são meus parceiros de aventura.

Guardiã

Exatamente. Sou o espírito da montanha. Desde o início, acompanho esse jovem em suas aventuras. É uma grande honra participar desta saga que se tornou a série mais importante do mundo. Estamos aqui para ensinar, aprender e evoluir. Acho que isto é dever de todo ser vivo neste mundo de expiação e provas.

Renato

Meu nome é Renato. Sou filho adotivo da guardiã e grande amigo do vidente. Junto, somos o trio mais importante do mundo. Estou encantado com seu mundo. Prometo me esforçar para que ele não seja destruído.

Buda

Muito bem. Fiquem à vontade. Se estamos aqui juntos, é porque está escrito. Eu nunca fui de acreditar em coincidências. Tudo tem uma razão e um porquê. É como se estivéssemos dentro dum filme. Nós somos atores regidos pelo criador. Cabe a cada um desempenhar seu bom papel.

Guardiã

Convida-nos para um chá?

Buda

É claro. Aproveitamos a oportunidade e nos conhecemos melhor.

Cozinha

Divine

Eu ainda não tive coragem de perguntar. Mas como começou essa revolução?

Buda

Está escrito no livro do apocalipse. Primeiro, começaram as pragas. Houve invasão de gafanhotos, sapos e cobras. Depois, lançaram um vírus mortal no nosso universo matando a metade dos habitantes. Foram tempos difíceis. Com isso, uma raça alienígena se aproveitou da situação e invadiu nosso planeta. Eles são monstros terríveis que não pudemos superar. Graças a vossa ajuda, começamos a ter esperança.

Divine

Que bom. Só fizemos nossa obrigação. Há ainda um longo caminho a percorrer. Precisamos de suas vibrações positivas. Precisamos reunir coragem, força e fé como nunca antes visto. Mas espero que tudo fique bem.

Renato

Realmente este chá está maravilhoso. Isso faz minha mente viajar por mundos desconhecidos. Lembro de tudo que enfrentei até aqui, o que não foi pouca coisa. Foram tantas emoções vividas e desafios ultrapassados. Mas nada se compara ao momento atual. Estamos diante da morte. Mas já fugimos dela duas vezes. Teremos a mesma sorte em outras oportunidades? Isso ninguém vai saber responder. Mas já que não sabemos, vamos aproveitar e pensar nos próximos passos. Planejamento é tudo.

Guardiã

Planejar e cuidar é nosso lema. Desde que nossa série começou, sempre tivemos bons valores que nos sustentaram. Nosso sucesso não é à toa. Somos os mais preparados para enfrentar catástrofes. Com isso, ajudamos o criador a coordenar o universo inteiro.

Buda

Vocês são o máximo. O nosso orgulho e nossa esperança. Que honra os ter em minha casa. Se precisarem de alguma coisa, é só falar.

Divine

Preciso. Você disse que era mestre em ciências espirituais. Podemos aprender com você?

Buda

Claro. Acompanhem-me num passeio na floresta.

Renato

Finalmente, tudo vai começar.

Floresta

Renato

O que é carma?
Buda
É a força do destino sobre nós. Boas ações geram frutos relevantes enquanto as más ações nos prendem ao materialismo. Daí vem o conceito de "Sila" que são nossos valores éticos, os quais nos levam a evoluir ou regredir.
Divine
O que é renascimento?
Buda
São nossas sucessivas reencarnações. A maioria dos seres não consegue atingir a iluminação espiritual. Portanto, precisam reencarnar várias vezes até atingir o aprendizado completo. Quando isso acontece, voltamos para junto ao pai infinito e amoroso. Cada reencarnação ocorre em um destes seis reinos: Inferno, Mundo animal, Reino dos fantasmas, Mundo dos homens, reino dos semideuses e paraíso.
Guardiã
O que é "O ciclo de samsara "?
Buda
São os ciclos das existências naturais. Há uma concentração de sofrimento e frustrações. Ela compreende os mundos superiores e inferiores.
Renato
Quais são as quatro nobres verdades?
A vida nos leva ao sofrimento; O sofrimento é causado pelo desejo; quando o desejo acaba, o sofrimento também termina; O caminho da iluminação é o caminho do Buda.
Divine
Muito Interessante. É sempre bom conhecer novas culturas e visões. Apesar disso, eu tenho minhas próprias convicções. Somos seres imateriais, criados para evoluir. Viemos ao mundo para aprender e ensinar. O mundo é uma grande prova e uma grande missão. Não viemos para julgar. Viemos para nos abraçar e nos ajudar. Viemos para respeitar cada um em sua individualidade. Por isso meu pai ama todas as boas denominações independente de religião, orientação sexual, partido político, raça, etnia ou gênero. Todos somos filhos do mesmo pai. Eu vim brilhar

e sou a salvação de todos os desesperados. Eu sou o defensor dos pobres, homossexuais e excluídos.

Buda

Você tem minha admiração. Você é o mestre dos mestres. Alguém que vale a pena escutar. O mundo precisa de mais pessoas assim.

Guardiã

Tem razão. O filho de Deus é uma pessoa maravilhosa. Mas devemos respeitar o livre arbítrio de cada um. Essa é a maior conquista de todos.

Renato

Por sermos livres, podemos pensar e agir livremente. Por sermos livres, temos a chance de sermos felizes.

Buda

No final, todos buscamos a mesma coisa: O reencontro com o pai. Espero que vocês tenham sorte neste empreendimento e nos livrem dos monstros.

Divine

Que Deus te ouça.

Universo Perdido 4

Rua

Divine

Meu Deus! Onde você estava? É um prazer reencontrá-la.

Beatriz

O prazer é todo meu. Algo me fez me deslocar até aqui.

Divine

Entendo. Mas é realmente uma coincidência nos vermos aqui após tanto tempo. Já tinha perdido minhas esperanças de revê-la.

Beatriz

Eu ainda acreditava neste momento e creia: Não existe coincidências.

Divine

Qual então o significado de tudo isso?

Beatriz

Ainda não sabemos, mas estou aqui para ensinar e aprender. Eu estive pesquisando e estou diante agora de um escritor reconhecido. Quero aprender contigo um pouco do seu mundo e vice-versa. Agora, preciso do seu sim para continuar.

Divine

Sim.

Guardiã

Também estou disposta.

Renato

Será um prazer.

Beatriz

Acompanhem-me.

Sala de Casa

Beatriz

Eu sou uma Wicca!

Divine

Não me importa. Eu conheço o profundo da sua alma e sei que não faria mal a ninguém.

Beatriz

Exatamente. Mas terminei fazendo mal a mim mesma. Este é um dos motivos de estar aqui de volta. Quero tentar dar uma volta por cima na minha vida com sua ajuda. Eu só posso confiar em você. Em contrapartida, lhe darei subsídio para que conheças meu mundo e possa então escrever um episódio maravilhoso.

Divine

Será um prazer ajudá-la.

Beatriz

Gostaria também de participar.

Renato

Juntos somos mais fortes.

Beatriz

Obrigada a todos. Vamos nos unir então.

Beatriz

Bem, eu sou Wicca. Sejam todos bem vindos. Antes de apresenta-los ao meu mundo, vou dar-lhes uma dimensão geral de como tudo começou. Tendo a dimensão atual dada pelo funcionário Inglês Gerald Brosseau Gardnet, a wicca é uma religiosidade que se fundamenta nos ciclos naturais da terra sendo estratificada em ritos de passagem, iniciação e sacerdócio. Podíamos defini-la com mais propriedade como ciência natural do homem e sua relação com a natureza. De nenhuma forma, ela pode ser comparada a bruxaria clássica não sendo contrária as ideias de qualquer religião. É uma doutrina filosófica que tem como objetivo o resgate do conceito da divindade feminina e masculina sem impregnação de machismo ou feminismo. Diferentemente do que apontam, buscamos a espiritualização, a paz consigo mesmo e com o meio. Temos o controle da magia e o uso vai de cada um indivíduo. Saber portar uma arma é a melhor forma de controle.

Renato

O que é exatamente a magia no conceito Wicca? (Renato)

Beatriz

Segundo o mestre Phillip Bonevits, a magia é uma ciência e uma arte que compreende um sistema de conceitos e métodos para a construção da emoção humana. Ela altera o equilíbrio eletroquímico do metabolismo, utilizando diversas técnicas e instrumentos associados para concentrar e focalizar essa energia emocional. Modulando dessa forma a energia espalhada pelo corpo humano para afetar outros padrões de energia, animados ou inanimados. Embora ocasionalmente afete padrões energéticos pessoais.

Guardiã

Magia é tudo o que fazemos os quais nos liga a uma força superior. Numa divisão clássica, temos a magia negra e a magia branca. Pelo que entendi do que nossa amiga falou, O uso dela na Wicca depende da índole do indivíduo.

Beatriz

Como em qualquer outra denominação, amiga.

Divine

Entendo que magia negra é invejar, caluniar, desejar mal e fazer trabalhos em centros espirituais com o intuito de prejudicar seu semelhante. Já a magia branca é uma concentração mental em prol do bem. Um exemplo disso são as orações direcionadas a Deus.

Renato

Como está escrito, o futuro dos feiticeiros e dos injustos em geral é o mar de lama, fogo e enxofre. Na via contrária, os justos brilharão como estrelas no céu.

Divine

Com a ressalva de que ainda é possível a salvação caso haja um arrependimento sincero e uma mudança efetiva de vida. Eu prometo que pelo meu pai todo seu passado tenebroso será esquecido e a luz brilhará para vós.

Beatriz

É com essa esperança que meu reúno com vocês. Aqui está uma pecadora ciente de todo o mal que fez. Dê-me uma chance de retribuir um pouco a fim de redimir o que fiz.

Divine

Eu vos dou uma chance.

Renato

Eu também.

Guardiã

Com a permissão de Deus, sim. Tem todo meu apoio.

Beatriz

Vocês são maravilhosos. Contem comigo para tudo.

Renato

Continuando a conversa: Beatriz, o que acha das religiões ou seitas nos quais os participantes acham que são melhores do que os outros ou ainda pensam que são o único caminho da salvação?

Beatriz

Entrei na Wicca por opção e necessidade. Eu era muito curiosa sobre as questões espirituais e em relação à magia. Não foi como eu pensava e não sei se faria a mesma coisa hoje. Mas pelo pouco que aprendi o nosso grupo não é como outros que só pensam em quantidades de adeptos.

Respeitamos as opções do nosso semelhante e de nenhuma forma tentamos influenciá-lo a nosso favor.

Divine

Até porque os caminhos para meu pai são múltiplos. As forças do bem estão presentes em todas as crenças boas que pregam a paz e a harmonia entre os seres. Então uma forma de vocês diferenciarem o que é do bem ou do mal, é observar seus frutos.

Beatriz

Verdade. O que os trouxe a este mundo?

Guardiã

Este mundo foi invadido por monstros. Estamos tentando resgatá-lo.

Beatriz

Interessante. Eu não esperava menos de vocês. São muito competentes.

Divine

Obrigado, amiga. Nos sentimos na obrigação de ajudar. Em contrapartida, escrevemos uma bela história.

Renato

O futuro do "Universo perdido" está em nossas mãos. Precisamos corresponder às expectativas.

Guardiã

Muito bem. Para finalizar, qual sua opinião sobre mim, Divine?

Divine

Sou suspeito para falar, mas sempre gostei de você. Desde o colegial, nós fomos os melhores amigos. Sei que todo mundo comete erros, mas isso pode ser consertado. Portanto, eu te abraço na esperança de que você reflita e que encontre seu verdadeiro caminho.

Guardiã

Estou convencida. Você é meu caminho e minha luz. Estarei torcendo por você, Divine. Liberte esse mundo e faça história. Você merece demais.

Divine

Ainda bem que refletiu. Eu prometo me esforçar e transformar o destino de todos. Ainda há uma esperança.

Universo perdido 5

Religião africana
Africano
Ainda bem que chegaram. Bem-vindo ao mundo africano.
Divine
Obrigado, nosso novo mestre. Estamos prontos para aprender.
Renato
O "universo perdido" é bastante parecido com o nosso mundo. Isso me surpreende.
Guardiã
Porque ele é o reflexo do nosso. Uma forma de fuga do próprio medo. Cabe então uma reflexão.
Africano
Vamos começar imediatamente a conversa.
Renato
Qual o conceito de Deus na umbanda?
Africano
Acreditamos em um único Deus onipotente, onisciente e onipresente.
Divine
O que acreditam em relação a espíritos?
Africano
Acreditamos em espíritos superiores. Nós os chamamos de Orixás.
Guardiã
O que pensam sobre a reencarnação?
Africano
Acreditamos que existe.
Renato
Como veem a morte?
Africano

Acreditamos em vida após a morte. O espírito vive seguindo seu ciclo de evolução.

Divine

O que é mediunidade?

Africano

É a capacidade de comunicação com espíritos.

Guardiã

O que mais prega a Umbanda?

Africano

O homem colhe o que planta; tudo o que acontece em nossa vida é consequência do livre arbítrio; sigam os conselhos do mestre: Amai-vos uns aos outros e faça aos outros aquilo que gostariam que fizessem com você.

Divine

É o que sempre faço. Prego o respeito, a igualdade e a tolerância. Todos nós somos filhos do mesmo pai santo. Ninguém pode julgar. Cada um que se preocupe com sua própria vida.

Africano

Exatamente, amigo. Nisso concordamos.

Divine

Poderia falar um pouco sobre o candomblé?

Africano

Claro. Será um prazer. O candomblé é uma religião monoteísta. Cremos num único Deus criador. Este Deus criou os orixás, espíritos guias da natureza. Orixás são seres espirituais com personalidade própria, habilidades diversas e preferências únicas. Acreditamos na vida pós-morte e na mediunidade.

Divine

Muito esclarecedor. Obrigado pela informação.

Africano

Bom, agora, mudemos de assunto. Como pretendem nos proteger dos monstros?

Guardiã

Estamos colocando nosso plano em prática. Enfrentamos os monstros com a inteligência. Permitimos o ataque deles e depois contra atacamos com nossa mente poderosa. Isso nos favoreceu quatro vezes. Creio que seja a receita do sucesso.

Africano
Muito bem. Ainda bem que pensaram nisso.

Renato
Como se sente com essa invasão alienígena?

Africano
Eu nunca senti tanto medo como sinto agora. Eu não estava acostumado com isso. Nos sentimos impotentes porque não podemos reagir. Graças a Deus vocês chegaram e estão mudando o panorama um pouco.

Divine
Me sinto feliz em saber que nossos trabalhos estão gerando frutos. Pode contar sempre conosco. Estamos aqui para proteger todos os indefesos.

Africano
Muito obrigado. Eu que agradeço a oportunidade. Estar diante do filho de Deus é mesmo uma honra. Eu gostaria de conhece-lo melhor. Poderia nos falar um pouco sobre você?

Divine
Claro que sim. Poderia entrar em sua casa?

Africano
Sim. Estão oficialmente convidados.

Guardiã
Muito obrigada.

Sala

Guardiã
O pequeno sonhador entrou em minha vida no topo da montanha. Era um jovem de vinte e três anos com muitos sonhos. A montanha sagrada era sua única esperança de sucesso depois de anos de tentativas frustradas na arte. Com minha ajuda, realizou desafios e entrou na gruta mais perigosa do mundo. Tornou-se o vidente, um ser onisciente através

de suas visões. Desde então, foram inúmeras aventuras perigosas. Meu testemunho é que me surpreendo cada vez mais com este jovem.

Renato

O vidente foi o homem que me libertou do carrasco do meu pai. Depois dessa má fase, pude viver com meu mestre intensas emoções. Sinto orgulho em ser seu parceiro de aventuras.

Divine

A guardiã da montanha e Renato foram os pilares do meu renascimento. Com a ajuda deles, eu me tornei um verdadeiro vencedor. Sou um ser cheio de garra, coragem, fé e esperança. Apesar de lembrar sempre da minha infância e adolescência sofridas, eu renasci das cinzas no momento certo. Hoje, sou escritor, compositor, cineasta e funcionário público. Tudo isso compõe meu mundo autoral. É um mundo de delícias, onde as minorias tem um papel principal. Eu sou um pai amoroso, carinhoso e sem preconceitos. Acho que meu destino é conquistar o mundo.

Africano

Com certeza. Você terá o sucesso que merece. Não se importe com as críticas nem com os inimigos. Você é maior do que eles. Sua missão na terra é "dar exemplo e ajudar as pessoas". Por isso você é tão capacitado. Sua mãe deve ter muito orgulho.

Divine

Obrigado pelo apoio. Minha família tem orgulho de mim apesar de as vezes termos problemas de relacionamento. Ela é meu suporte nos tempos difíceis.

Africano

Percebi isso. Esse teu caminho de busca do "sentido da vida" é um caminho fértil de aprendizado. Procure focar no bom sentido da vida e todas as coisas lhe serão acrescentadas.

Divine

Tomara. Eu ainda vou ser plenamente feliz, mas não sei exatamente quando. Neste momento, não vou me preocupar muito com o futuro. Preciso viver dia após dia e construir minha história.

Africano

Será uma bela história. Vou torcer muito por você e pelo meu mundo. Precisamos desse homem poderoso que há dentro de você para nos salvar. Precisamos permanecer com esperança diante dum mundo arrasado.

Divine

Terão esperança. Eu me comprometo.

Guardiã

Prometemos nos esforçar. Vamos enfrentar o perigo com todas nossas forças. A fé nos guiará.

Renato

Esperemos que fique tudo bem.

Universo perdido 6

Reunião espírita

Espírita

Ainda bem que vieram. Chegou a hora de descobrirem o que é espiritismo.

Renato

Fantástico! Estamos muito ansiosos.

Divine

Estaremos escutando atentamente.

Guardiã

Quem é Deus?

Espírita

É a origem de todas as coisas e fonte de amor universal.

Renato

Qual é o dever do homem?

Espírita

Amar a Deus sobre todas as coisas, ao próximo e a si mesmo.

Divine

O que é a alma?

Espírita

É a parte espiritual do ser humano que se desencarna do corpo no momento da morte.

Guardiã

O que é a morte?

Espírita

Processo de desencarnação natural. A alma sobrevive e segue seu caminho evolutivo.

Renato

O que é reencarnação?

São as várias vidas do espírito na terra ou em outros mundos. Ela acontece quando o ser humano precisa progredir. Muitos de nós fazemos parte deste processo que é algo natural.

Divine

O que mais poderia nos dizer sobre espiritismo?

Espírita

É uma metodologia da vida. Acreditamos na proteção e no amor do criador em todos os momentos. Portanto, não é necessário seguir regras específicas a não ser a prática do bem. Precisamos evoluir e a prática de caridade é a principal delas. Sem caridade, não há salvação. E você? O que prega?

Divine

Eu sou o bem. Ame a Deus sobre todas as coisas e Pratique o amor junto ao próximo. Não tenha ídolos, Deus é o único digno de adoração. Não atormentem Deus com suas preocupações vãs. Antes, busquem solucionar os problemas. Trabalhe e descanse; Honre os pais e a família; não mate; seja fiel a seu parceiro; não pratique perversões sexuais como zoofilia, pedofilia e incesto. Trabalhe duro ao invés de roubar; não minta; não tenha inveja; pratique a simplicidade, a honradez, a dignidade e a lealdade. Seja responsável no trabalho. Evitai o jogo; Não consuma qualquer tipo de droga. Nunca prejudique o subordinado pois o mundo dá muitas voltas. Sejais tolerante, aceite o diferente. Não julguem e não serão julgados. Não faça fuxicos. Antes, cuide de sua própria vida; não deseje o mal para ninguém pois a lei do retorno é severa. Não ceda as tentações do diabo. Você sabe, tudo o que vem fácil vai fácil e o preço é alto demais. Perdoe, mas sempre lembre dos fatos para que não venha sofrer novamente. Uma vez quebrada a confiança, nunca mais é restaurada. Faça caridade e bons atos todos os dias. Eu vos garanto: Quem se empenhar na caridade, seus pecados serão perdoados. Confortai os doentes e desesperados; Haverá pragas como estamos vivendo, sinais no espaço, terremotos, erupções vulcânicas, tsunamis, guerras entre reinos e perda de fé em cristo. Os que sobreviverem são os escolhidos do reino. Portanto, faça da oração sua principal arma contra a calamidade. Vocês são casa construída na rocha que o vento e a tempestade não podem derribar. Para aqueles que continuam lutando por sua felicidade e sucesso, tenho um recado a dar: Eu estou com vocês. Eu sou a pequenina esperança que permanece em vós. Eis que vos digo que essa pequenina chama pode leva-lo à vitória. Eu sou o caminho, a verdade e a vida. Terei misericórdia de quem tiver misericórdia e darei amor a quem me deu amor. Vocês são livres para escolher seu próprio caminho. Eu vos dei o livre arbítrio pelo meu amor. Sei que há no mundo grande discórdias e maldades, frutos do livre arbítrio. Mas foi minha melhor decisão ao criar a humanidade. Lembre-se de que todos são meus filhos. Eu criei o bem e o mal, forças necessárias para o equilíbrio do mundo. Mas eu sou o único Deus, onipotente, onisciente e onipresente. Enquanto houver mundo, será assim. Não queiram ser deuses pois grandes desgraças podem vir. Orem muito por vocês e pelo mundo. Eu nunca vou desampara-los.

Guardiã

Sua mediunidade funcionou agora. Acabamos de ouvir um pronunciamento do Cristo.

Divine

Verdade. Ele sempre está comigo. Nós somos interligados.

Renato

Que incrível. É muito emocionante receber essa mensagem. Uma honra e uma alegria estar na presença do cristo.

Espírita

Eu estou emocionadíssimo. Foi realmente uma linda mensagem. O mundo precisa de boas notícias. A pandemia mundial da corona vírus nos mostrou como somos frágeis. Isso é um sinal para o mundo. Precisamos aprender com isso e nos tornar pessoas melhores. Nós também precisamos da ajuda divina para expulsar os monstros. Meu povo precisa de paz e esperança.

Guardiã

Exatamente, amigo. Não se preocupe com nada. Deixe isso em nossas mãos. É um ótimo desafio e exercício para nosso grupo. O conhecimento das religiões, a conexão entre os mundos e os monstros perigosos fazem desta história a mais importante até agora. Basta crer que tudo se encaminha para o sucesso. Tenha calma.

Espírita

Eu não posso ter calma. Meu povo está sendo dizimado por esses alienígenas. São seres altamente cruéis e poderosos. Eu temo pela vida de vocês.

Renato

Não se preocupe. Anjos poderosos nos acompanham. Nada de ruim vai acontecer.

Divine

Somos protegidos e estrategistas. Seu mundo está em boas mãos. Sabemos que é um grande desafio, mas que pode ser superado. Aliás, nada é impossível para nós. O impossível está ao alcance de nossas mãos. O nosso limite é apenas o limite da imaginação. Está escrito na nossa história bons episódios. Eu tenho certeza que um deles é este.

Espírita

Vocês são bastante otimistas. Isso é muito bom. Eu vos admiro pelo esforço. Continuem a jornada. Vou ficar torcendo pela nossa vitória.

Renato

Assim seja.

O Universo Perdido 7

floresta

Guardião

Estamos em uma longa jornada. É a hora certa para refletir, posicionar-se e planejar. Este mundo e seu povo são muito chatos. Portanto, precisamos agir imediatamente.

Renato

Acredito que estamos no caminho certo. Há muito a questionar, mas fizemos progresso. Nós superamos muitas adversidades e ainda estamos no controle. Somos grandes vencedores.

Divino

Concordo com os dois. Estou refletindo muito. Isso me lembra a minha trajetória. Vejo que minha infância sofreu no interior do nordeste, com dificuldades financeiras. Lutei contra a miséria, indiferença e preconceito. Não importa o quanto eu tentei, meus sonhos se tornaram cada vez mais difíceis. Desisti e retomei minhas atividades artísticas várias vezes. Algo maior me sustentou. Uma força extremamente poderosa de esperança. Eu tinha que tentar. Pouco a pouco, eu estava avançando em meus projetos. Consegui um emprego e me deu uma motivação maior. A esperança reapareceu. Atualmente, continuo a lutar. Estou seguindo em frente. O conselho que dou é que todos sigam este exemplo. Não devemos desistir dos nossos sonhos.

Renato

Exatamente. Como você analisa as aventuras anteriores?

Divino

As forças opostas foram o começo. Na época, eu era apenas um jovem imaturo com o sonho de um artista. Sempre sonhei em compartilhar minhas histórias com o público geral. Foi apenas um sonho que ficou viável escalando a montanha. Foi quando te conheci. Juntos, superamos desafios e viajamos pelo tempo. Chegamos em Mimoso, um lugar dominado por autoritário político, por uma bruxa má e por grande desigualdade. Minha grande tarefa era equilibrar as forças da escuridão e da luz e ajudar alguém a encontrar o caminho. Durante trinta dias, eu senti emoções intensas. Na segunda aventura, eu fui capaz de explorar pecados capitais. Em uma viagem a uma ilha deserta, eu fui capaz de encontrar novos desafios e entender minha noite escura da alma, um período escuro na minha história onde eu afundei em pecados. Fui, vi e ganhei. No terceiro estágio, voltei ao passado no nordeste brasileiro. Consegui encontrar minhas origens e entender perguntas pertinentes. No quarto desafio, descobri o código secreto de Deus, algo nunca alcançou antes. Depois, viajei pelo espaço, ganhei novos conhecimentos e aqui estou. Tudo o que aprendi serviu ao meu processo evolucionário. Não me arrependo de nada.

Renato

Me sinto muito feliz porque sou capaz de dar este testemunho. É um grande prazer participar desta série, que se tornou o mais importante do mundo.

Divino

Obrigado, amigo. Algum guia, guardião da montanha?

Guardião

Estamos nos aproximando do próximo objetivo. Recomendo cautela e precaução. O inimigo pode estar em qualquer lugar.

Divino

Certo. Vamos seguir em frente.

Templo

Guardião

Os judeus e romanos mataram Jesus.

Divino

O Messias já chegou e eles não reconheceram. Esperavam um líder que os libertasse da escravidão romana. Mas eles não queriam reconhecer Jesus, o líder moral. Alguém que morreu por nossos pecados.

Renato

Por que chegou a isso? Felizmente, Cristo ressuscitou e se tornou o líder principal do planeta. Isso mostra que sua doutrina é verdade porque seu projeto vem de Deus.

Guardião

Todos temos liberdade de escolha. Cada um deve ser respeitado. Jesus fez história. Ele é o deus dos humildes e marginalizados. O deus das prostitutas, pobres e cobradores de impostos. De qualquer forma, ele é o Deus de todos os marginalizados.

Jesus

Felizmente, você fala bem de mim.
Guardião
Você é Jesus?
Jesus
Eu sou o leão de David. Vim dar meu apoio moral ao seu projeto. Admiro sua vontade de lutar contra monstros perigosos. Estou gostando de aprender sobre religiões. Na verdade, estou em todas as boas religiões. O importante é fazer o bem.
Renato
O que faremos em tempos difíceis?
Jesus
Mesmo que eu ande pelo vale mais escuro, não temerei mal algum, porque você está comigo, sua vara e sua equipe, eles me confortam.
Guardião
Por que às vezes não alcançamos todos os objetivos?
Jesus
Porque você tem tão pouca fé. Eu digo a você, se você tem fé tão pequena como uma semente de mostarda, você pode dizer a esta montanha, se mover daqui para lá, e ela se moverá. Nada será impossível para você.

Eu digo a você, se você tem fé e não duvidar, não só pode fazer o que foi feito à figueira, mas também pode dizer a esta montanha, vá, jogue-se no mar, e será feito.
Divino
O que nos espera no futuro?
Jesus
Contemplem, o dia do Senhor vem, cruel, com raiva e feroz, para tornar a terra uma desolação e destruir seus pecadores.
Jesus
Haverá sinais no sol, lua e estrelas. Na terra, as nações estarão em angústia e perplexidade no rugido e lançando do mar.

As pessoas desmaiarão do terror, apreensivas do que está vindo no mundo, pois os corpos celestiais serão abalados.
Jesus

Mas o dia do Senhor virá como um ladrão. Os céus desaparecerão com um rugido, os elementos serão destruídos pelo fogo, e a terra e tudo que fizer nele será descoberto.

Divino

O bom é estar preparado para o fim. Temos a chance de salvar este universo?

Jesus

Acredite, eu vou guiá-lo. Paz e bom para todos.

Floresta final

Guardião

O fim chegou. Estamos livres.

Renato

Aleluia. Agradeço esses momentos incríveis. Foi realmente maravilhoso.

Guardião

Que mensagem você nos dá, querido filho de Deus?

Divino

Tenho uma mensagem para este universo. Nesta época de crise, onde tínhamos pragas, sinais divinos e invasão extraterrestre, podemos refletir sobre quão pequenos somos. Todo o universo é de Deus. Somos apenas suas criaturas. Reconhecendo nossa humildade, podemos finalmente evoluir. Tudo é fugaz, mas o poder de Deus permanece. Aprenda o verdadeiro valor das coisas. Este mundo sobreviveu e nós sobrevivemos pela fé em Deus. O mundo permanecerá por causa do bem. Até a próxima aventura.

Final

www.ingramcontent.com/pod-product-compliance
Lightning Source LLC
LaVergne TN
LVHW021049100526
838202LV00079B/5408